蕭蕭 著

大自在

截句 ● 鼻端的松露 ● 遠方的星

4 行詩

濁水溪長，生命更長，

一波波小小浪花

映照你——
微笑。

讓你
心靜
讓你 心定
因為 截所截我們
大自在。

【截句詩系第二輯總序】
「截句」

李瑞騰

　　上世紀的八十年代之初，我曾經寫過一本《水晶簾捲——絕句精華賞析》，挑選的絕句有七十餘首，注釋加賞析，前面並有一篇導言〈四行的內心世界〉，談絕句的基本構成：形象性、音樂性、意象性；論其四行的內心世界：感性的美之觀照、知性的批評行為。

　　三十餘年後，讀著臺灣詩學季刊社力推的「截句」，不免想起昔日閱讀和注析絕句的往事；重讀那篇導言，覺得二者在詩藝內涵上實有相通之處。但今之「截句」，非古之「截句」（截律之半），而是用其名的一種現代新文類。

　　探討「截句」作為一種文類的名與實，是很有意思的。首先，就其生成而言，「截句」從一首較長的詩中截取數句，通常是四行以內；後來詩人創作「截句」，寫成四行以內，其表現美學正如古之絕句。這等於說，今之「截句」有二種：一是「截」的，二是創作的。但不管如何，二者的篇幅皆短小，即四行以內，句絕而意不絕。

　　說來也是一件大事，去年臺灣詩學季刊社總共出版了13本個人截句詩集，並有一本新加坡卡夫的《截句選讀》、一本白靈編的《臺灣詩學截句選300首》；今年也將出版23本，有幾本華文地區的截句選，如《新華截句選》、《馬華截句選》、《菲華截句選》、《越華截句選》、《緬華截句選》等，另外有卡夫的《截句選讀二》、香港青年學者余境熹的《截竹為筒作笛吹：截句詩「誤讀」》、白靈又編了《魚跳：2018臉書截句300首》等，截句影響的版圖比前一年又拓展了不少。

　　同時，我們將在今年年底與東吳大學中文系合辦

《大自在截句》前言

蕭蕭

截一

　　浮生如長流，我將2017年7月至2018年7月之所見、所感、所思，截而為詩，都而為此集《大自在截句》，此一小段落是我人生中的七十一實歲之實錄，或可依此追索前此的生活真貌、後此的可能歲月。有趣的是，2017年的五個多月中只得八首，其他144首都在2018年不足的七個月中完成，回想2017只寫八首的後半年，我到底在忙些什麼，一定是在忙些其他的什麼？其實，或已茫茫渺渺，無可（且無需）追索了！

　　截《莊子》書中的佳句省察自己：「其生若浮，其死若休。不思慮，不豫謀。光矣而不耀，信矣而不期。其寢不夢，其覺無憂。其神純粹，其魂不罷（罷，音義同「疲」）。虛無恬淡，乃合天德。」（《莊子・刻意》）或許可以擷取其中的四言句作為職場退休後的警醒語：「其生若浮，其死若休。其寢不夢，其覺無憂。其神純粹，其魂不疲。」我的《截句》能深入這種體會而純粹你我的性靈嗎？

截二

　　《大自在截句》152首完成後，原來不想分輯，純以寫作先後秩序排列，但依讀者閱讀習慣，因其篇幅短小，有可能讀者自備塑膠吸管一口氣就吸完珍珠奶茶，結果反而是其魂疲、其心慌亂，無法達臻「其神純粹」的閱讀效益。因此敦請書法名家李載一，自在擷取152首中的任何一首完整的詩、一個題目、一兩行詩句，甚至於只是其中的單字或一或二或三，能

在他心中引起震顫那麼一兩秒、數分鐘甚或更長的時間，請他據筆以書，隨意揮灑，如是，形成《大自在截句》的第二波「截」後的震顫、震顫後的自在，是之為「截二」。

截三

152首《大自在截句》詩篇，間入李載一的行草，可能造成讀者閱讀上的「滯礙」，因而延遲以行，因延遲而行，或許可以再三回顧、回味文字意涵，因閱讀上的滯礙、陌生與長久摩挲，說不定反而將詩、書，轉成「摯愛」。

因此，我再請編輯設計家將李載一的書法字視為單純的符碼，可以任意拆、組，可以讓讀者讀詩之餘，思考設計家截取的書法頁，左上的「礫」與右下的「側」本屬不同的兩個字，有沒有可能或勾心、或鬥角，形成「廊腰縵回，簷牙高啄」的阿房宮氣勢？設計家截取的書法頁所形成的空間感，可能導引讀者

進入四次元、異次元的世界。

截四

　　作為傑士的你，當然急於結識我們，共享截中之截、傑中之傑的異次元世界。

　　你的穿越，你的超越，讓《大自在截句》不止於一部詩集，傑士的你不只是你。

2018.7.19 寫於三次元的台北

目　次

輯 驚蟄
三

輯四 │ 穀雨

輯五｜芒種

大暑

泉州開元寺

傳說中的那棵桑樹依然翠綠
弘一大師剝落著泥像的泥

這裡那裡的一切
不悲不欣，無來無去

2017.7.24.

輝煌

你就輝煌你的輝煌酒吧！
我也會輝煌
——輝煌我的隔夜茶的輝煌

2017.8.1.

闌珊處

你不在天之涯我不去海之角

那海天會與希臘同色

惟薄霧保持杏白的溫暖

我們就留在闌珊處吧──你我眼中燈火微微

2017.8.16.

大自在截句

濁水溪上游的白

濁水溪上游的芒草會以自己的白撼動山林嗎?
我問黃昏裡最先亮起的燈。

黃昏裡最先亮起的燈會璀璨一整個夜嗎?
我問濁水溪上游的白。

2017.9.29.

焦點

我把焦點放在無限好的夕陽
眼前的樹林子就黑了！

2017.10.5.

無所繫

往虛空極處騰飛而去

會是龍嗎？

還是心無所繫的雲──

　　──那顆無所繫的心？

2017.10.11.

現實主義者

只知道鑽研堅實的土地
那是寫實主義者，或者蚯蚓

我是不喜歡背對天空的硬殼種子
另一類的現實主義工作者

2017.10.12.

風歸何處

花問花粉：不沾不黏時你會去那裡？

果實問大地：不離不棄時我能待在身邊多久？

我也想問問幼稚的你

虛空無盡，那風到底有沒有他的歸宿？

2017.10.21.

小寒

沒有了然，哪有一切

天下所有的落葉
不一定都有和尚清掃

我走過的足跡，在雪地上
驟然的空與了然

2018.1.1.

那水無色無臭也無痕

船過水無痕？

那受精卵已然大學畢業
已然紅塵自己的容顏

已然逝水

2018.1.3.

風，一粒銅豌豆

劃過山峰也劃過刀鋒
滑過針葉林也滑過針尖

體無完膚的我，從來不認識
骨可以曲豆，人能大於十

附註

我是個蒸不爛煮不熟捶不扁炒不爆響噹噹一粒銅豌豆

　　　　──關漢卿：〔南呂〕一枝花·不服老

　　　　　　　　　　　　　　　　2018.1.6.

如來
——給截一之一

就是在這掌心裡

你翻滾出自己的如來

——

無所從來亦無所去的黑與白

2018.1.10.

不能斗方
——給載一之二

載的不只是車　量的不止於斗

一即一切　衝破規矩自圓自方

2018.1.11.

大自在截句

警覺夜晚還有星星的末日快樂

看不到星星的夜晚

星星憑藉什麼想念我

童年凝視的眼神

還是越過眼神的夜的神祕？

2018.1.11.

仰望

所有北半球的漩渦

都以相同的方向嘩嘩而笑

我蹲在角落獨自疑惑

為什麼你衣服裡的陽光香氣勝過我？

2018.1.12.

附記

此詩發表於臉書，余境熹建議閱讀時為了表示崇仰，
可以由下往上逆讀。

木炭的愛與怨

木炭裡曾經有的蒼翠與露珠

如今去了何處？

鳥鳴山更幽的鳥呢？

——鳥喉嚨裡的火一直在炭身內憤怒

2018.1.12.

驚恐

我仔細傾聽薄霧漫飛的聲音
輕的像夢
重的像你心頭的刀痕
推遲了三輩子的欣羨與驚恐

　　　　　2018.1.12.

蠶

刻意讓自己迅速長大一萬倍

心思為你透明勝於琉璃

刻意結厚繭、吐柔絲

一萬兩千個生生世世一心為蠶裹覆你

2018.1.12.

依憑

從來沒見過極光的閃動
也未目睹明月如何躍出滄海
保守派的雙眼
凝視青天浩博只養一片雲

2018.1.18.

大自在截句

廢墟之花

以一次雨水度四季，沙漠裡的駱駝草
會開什麼樣的花？

廢墟瓦礫堆的我
總有異想如沙

2018.1.19.

沙與漠

如果能把累世的

眼裡的沙

取出、鋪放

漠漠相連就是這一生奇特的景觀

附註

1.南朝齊・謝朓〈游東田〉：「遠樹曖阡阡，生煙紛漠漠。」（漠漠，隨意散置貌）

2.唐・王維〈積雨輞川莊作〉：「漠漠水田飛白鷺，陰陰夏木囀黃鸝。」（漠漠，密布羅列貌）

3.唐・杜甫〈秋日夔府詠懷奉寄鄭監李賓客一百韻〉：「兵戈塵漠漠，江漢月娟娟。」（漠漠，灰濛昏暗貌）

4.宋・秦觀〈浣溪沙・漠漠輕寒〉：「漠漠輕寒上小樓，曉陰無賴似窮秋。」（漠漠，寂靜無聲貌）

2018.1.20.

影何去聲何從

花容失色以後的枝頭
留存的是空嗎?

我追趕香息而來
卻看見蜘蛛網企圖封鎖雲的去路

2018.1.21.

退休日

箭射過來的那一刻
作為靶的我一點也沒有迎上前去的念頭

昨夜吐落的口香糖有些黏性又不太黏
有些甜味又算不上甜

2018.1.21.

面對曠野

不知是有心還是無意

我失去了父母、祖輩

失去了久已不用的脾腎心肺

面對純真，我拿什麼還給曠野？

2018.1.24.

春喜

溝裂現，你有跨過去的決心嗎？
海湧現，你有上船的意願嗎？

為了飛向太陽，我們收起了蠟
為了你，我們鋪展出大地河山

2018.1.28.

我所知悉

夕陽投射的樹影
比朝日長，長了三倍美了七分

老欉水仙那份厚與醇
永遠在你劫後的舌尖溫而潤

2018.1.29.

一次兩水虛度四季

沙漠裡的駱駝草

會開什麼樣的花

廢墟瓦礫堆的我總有異想如沙

蕭蕭詩廢墟之卷

戊戌蘭月李憲專

天地小立
——讀白靈〈恆河邊小立〉後誌

恆河沙是無量數的天地偈

佛曰：何以只取他一瓢、我一沙語？

滾滾流逝又滔滔而來，那風那水無盡期

2018.1.30.

附記

〈恆河邊小立〉　　　白靈

河裡每粒沙都寫著佛陀的偈語
風到處搜尋當年他殘留腳印
卻捕捉到屍味煙味牛糞和檀香

恆河明日會捧起今日如一粒沙洗淨

2018.01.27.

息心之後

秋天的山坳巧遇楓紅　　　　不驚

帝雉、藍鵲就在耳後　　　　不怖

道之兩旁風一陣緊過一陣　　不畏

雲　水一樣柔的金剛心

2018.1.31.

那光藏在針尖裡

細細的針就插在肚臍邊
我閉著眼回到許多閃逝的昨天
火燄燃點了艾
叫醒一畝藏著光的丹田

2018.2.1.

落葉如許

花開的聲音類近葉落的聲音

很柔很輕

我傾耳細聽

那是不同年齡層　誦讀自己的風雅頌賦比興

2018.2.1.

孵

立春第一天，地開始震動……

探頭招手，那縫
那生命，就有了孵生的可能

2018.2.4.立春

附記

2018年2月4日立春的第一天，花蓮開始有近百次規模
4-5級的地震，2月6日釀成大災，其後餘震不斷，令
人不安。

大自在_截句

期與未期

我仍然守住6度C的霜巖

燕子卻已飛向南方淡藍的天

花苞吐露紅唇

香息招引　敏銳的鼻與靈魂

2018.2.5.

白雪的心

愛美的眼睛都在估量
白雪與詩能有多輕盈

雪融後，憑誰問白去了哪裡？

我獨探詢：輕盈的心

2018.2.11.

消息

男人從落葉焦灼的地方出走
女人在巖上濕潤處守候

2018.2.12.

誤闖桃花源

鐘聲悠悠，引我進入經藏
經藏悠悠，把我留在曹溪水花間浮盪

2018.2.12.

小山崙的秋分

你來的那一世，那小小的山崙
那月光的白那桂花的香馨
我都不追問

我是從不錯班的你的白露秋分

2018.2.14.

有歌

常把自己想像成一條河
水草糾葛

偶爾游魚二三，穿梭有歌

2018.2.15.

飛龍在淵在天

二月二，我蛻下了九斤九的皮
他們成群圍繞、觀賞

成群，急急尋找不屬於我的翅膀

附記

本詩原題〈詩的原因〉

2018.2.16.

只有一根弦會讓你震顫

放棄天空　那雲
就不能認識什麼是雲了！

我的幽靈在我的面前
一直深邃到讓人震顫的那根弦

2018.2.19.

升上天心的銀月

你打開了一扇門後面又一扇的

門，繼續打開一扇門後面的一扇

門

鑰匙瘸了，十五銀白的月升上天心

2018.2.19.

人生的命盤：落空或者落實

傳說裡
三月往往不告而別

我開始等
回眸的笑聲如何向右傾斜

2018.2.20.

天地間

惆悵的聲籟
一向低沉

偶一抬頭就碰見
又軟又柔——那筋

2018.2.21.

春華萬畝何如秋月一輪

正要熟悉她毛細孔的生老病死

她卻轉動酸甜苦辣那核心軸

波盪這一世那一紀多少恩怨情仇

誰能棄捨萬畝春華，獨留秋月一輪？

2018.2.21.

落葉如此

我獨自在枝頭堅持
滿足一山翠微

一笑，卻落得如此
如此塵與灰

2018.2.25.

文謅謅的紋路

玻璃煩惱自己的一生

摺疊不了　皺紋

智慧卻一直擦拭臉上的灰塵

2018.2.26.

驚蟄

小葉欖仁的大葉子

我一直以為我是樹

他們卻說是枯枝留不住的情人

露水來不及表示異議，隨情人溜下滑梯

2018.3.4.

仙子與儒士

從未懷疑每一蕊花

躺臥著一位仙子

天氣好的時候誰也抓不住

骨頭溢出腐儒的傳統味

2018.3.6.

春天不一定會飛

兩顆星星不會　撞在一起

兩輛車　會

我坐在安靜的河邊看星星

有的春天會飛，有的　不飛

2018.3.10.

學理或意識形態

你耗去了我三千億
美好的春日感覺

我只好以小葉欖仁的枯枝
撐住　你威嚴的黑與夜

2018.3.12.

我們躲在春天的陰影裡

不是每一朵水仙都能看見

自己的倒影，不是

每一次的倒影都布置藍天背景

那就別叩問男人那根肋骨在哪裡開了花

2018.3.13.

關於截句答友人問
其一

在凍頂山喝了一杯烏龍

那一天，你記得陶瓷的手感

還是茶的回甘滋味？

雙唇抿了抿，頻頻嘖嘖兩三回

2018.3.15.

關於截句答友人問
其二

你說過的許多聖哲言語行過的

許多歷史縫隙　留下的許多爭辯口舌

抓不住煙雲了

好在我攝住了千分之一秒那一秒震懾

2018.3.15.

無尤

午後三點總有一朵雲

游進虎山溪水裡

我守著

確知她不會弄濕自己才離去

2018.3.16.

歸依何處

十五歲，喜歡看風吹

裙揚

勝於白雲穿過屋頂穿過灰雲

如今卻記掛一匹沒有方向的風會去哪片草場？

2018.3.17.

天際線之外

為什麼總是趁著夜黑了天累了

才在夢裡叫我隨你入夢？

醒來的世界：

橫切谷總是多過縱貫線

2018.3.17.

睥睨之姿
——送洛夫先生遠行

有著金屬質地的頭顱

烈焰無法

冰的堅白、雪崩的氣旋也不能　說服

他那睥睨的角度

2018.3.19.（農曆二月二龍抬頭之次日）

比重不如比輕

天底下的人從不擔心　雲

掉下來

因為雲比〔快樂＋棉花〕比水中的魚

比彌勒佛，還輕

2018.3.29.

晚春情事

一隻公狗

衝向花叢後面

駛過的公車剛好遮住　夕陽

窺伺的臉

2018.3.31.

毛細孔裡的蚯蚓

真的不要數算

我毛細孔裡的霧氣

他們有時候頂樂觀的

要不，他們正在想念蚯蚓

2018.4.1.

在你的胸懷裡放懷
——行過鹿谷之一

是因為發現山溪的心事
比你胸壑的石頭多

我們笑聲的成長速
快過春筍和碎波

2018.4.2.

霧裡的茶樹
──行過鹿谷之二

那樣有志一同
拉來一大床紗霧

遮臉的不遮青春
忍住香氛的忍不住興奮

2018.4.3.

二十五年的點點滴滴直滴到眼前
——行過鹿谷之三

說來你不相信，喝酒時

我們把胡茵夢的一厄與千展

交給三公里外的煙嵐

這世界就醇厚了

附註

2018年4月2日晚上，陪林彧、楊子澗、謝振宗、離畢
華等人品賞1993年的金門高粱，聊起新近兩位詩人、
一位名人遠去，不妨月旦，不免唏噓。

2018.4.4.

德興瀑布
──行過鹿谷之四

所有的水集體縱落都會發出嘯聲

白日漫漫做夢去了

摸魚去了──

柴犬懂。柴犬笑了

2018.4.6.

茫
──行過鹿谷之五

我們就這樣走進五里霧中
再也不需要誰來罩、誰來鎖

排隊死去的是顏色、恐懼、理想、桃花源
多少個然後之後復活

2018.4.7.

行者無恙

我沒有布袋　裝下山那麼大的石頭
——也不一定要交給風或雨或天去打雷去劈
那些沾染的習氣、
嬌喘、草灰、經懺、泥淖似的巧克力

2018.4.5.

獨吟

別一直盯著我的小酒窩
我的笑聲不曾與鐘聲起過共鳴

2018.4.5.

驚天駭地

春天剛來，櫻花剛謝
遠方有人在等待桐花雪

我咳，咳出一隻大蟾蜍和牠招來的春雷

2018.4.5.

絕

正想著地老天荒無了時
天地就老了
你看看他們的老樣子：
不語不笑也不讓人叫

2018.4.5.

所謂生態

我抖我的枯枝，同時，你綻你的豔紅
我綻我的豔紅，你凋你的敗葉

我是人我反核／你燒你乾淨的煤／她以愛發電

2018.4.8.

看不見的曬傷痕

有人舉著手遮陽就是不會有人遮月光

善良、溫和、畏怯

有時也踐個二五八萬

我卻是偶爾被月光曬傷的人

2018.4.9.

17歲與71歲的擺放位置

年輕時會有孤鶩邀我與落霞齊飛

於今只有落葉陪你
在晚風中飄
或不能飄

2018.4.9.

天與天的空

只有風高的時候月才是黑的
所以草不敢喘大氣

城裡的鳥越來越不怕人
雲心裡清楚他們從沒怕過天與空

2018.4.9.

你所不熟悉的眼淚

真的你不熟悉眼淚

你不哭的時候
他們像江裡的魚海裡的浪
風裡的歌　衝撞著老神經發笑

2018.4.10.

一縷煙的意志

即使只是一縷煙

沒事也知道往上飄

真要落淚，那就選擇乾燥的深夜

落吧！靜靜悄悄

                    2018.4.10.

露珠的誓詞

如果今生不能好好呵護

這一心二葉

誰會批准來世

我是真誠的那顆映照太陽的茶葉上的露珠

2018.4.10.

春茶無盡藏

是要怎樣才能從一朵早梅

嗅得無盡藏的春天？

面對萬千綠葉翻騰在眼前

我獨獨篤定　守住舌尖的甘與願

2018.4.11.

萬綠叢中一點綠

當你的憂傷脹得半個地球大
無論如何看不到萬綠叢中那一點
綠
那一點綠，躲著春天害羞的心

2018.4.11.

經過一座橋

經過一座橋，有時候以為
周夢蝶還坐在那兒　提著他的話頭

有時候覺得自己只是你
滑溜過的千億個生命之一，還光著頭

2018.4.12.

大自在截句

白流蘇

千年詩契百年茶繫十年塵慮
蘇東坡白了一身髮絲

那麼接近驚蟄
卻醒不過來的流蘇啊！

2018.4.12.

你的詩是帶血的齏粉

我的鼻水經不起飛颺的花粉

你的詩　經不起推敲

跟人一起

溶成了帶血的碎末齏粉

2018.4.13.

茶馬古道

好多年以後，你的詩
不結疤了不結痂了，淡了掉了
我們走在絲綢路上
耳朵旁，風唱的歌還是那些年清揚的調調

2018.4.13.

214、314之後的414

你我之間即使是余秀華虛擬的春天
可能是既負如來又負卿的倉央嘉措的豁達兼哀怨
抑或是未來三千年的眾人宏願

能不能，可不可以他處是道場？

附註

1.余秀華〈穿過大半個中國去睡你〉：睡你或被你睡「無非是／兩具肉體碰撞的力，無非是這力催開的花朵／無非是這花朵虛擬出的春天讓我們誤以為生命被重新打開」。

2.倉央嘉措有「不負如來不負卿」的詩句。扎西拉姆‧多多的詩〈見與不見〉往往被誤以為是倉央嘉措的作品，很多人喜歡最後幾句：「來我的懷裡／或者／讓我住進你的心裡／默然　相愛／寂靜　歡喜」。

2018.4.14.

穀雨前

八百歲的木頭

聚在一起

他們不再爭辯

春天好過夏天，夏天好過……

2018.4.15.

羅東貯木池

這一堵　八百九十輪印記
那一堵　雖小卻已千歲
水，說了一些他們的傳奇
草演示了另一些

2018.4.15.

幸福的流水

花香

不在幸福的鼻腔

那就飄向流水奔赴的遠方吧！

2018.4.16.

穀雨

動動無垢・生生不息
之一・游泳

箭，破風而去

卻因為水的曼妙優游似魚

2018.4.18.

動動無垢・生生不息
之二・桌球運動

極速旋轉的球自有清明

軸在心，那會天眩地暈？

2018.4.18.

動動無垢・生生不息
之三・韻律體操

從核心，向天心

綿綿綿綿　宇宙的冰弦

2018.4.18.

動動無垢・生生不息
之四・足球運動

奮力一踢一擲

萬古邪祟紛紛　應聲粉碎

2018.4.18.

動動無垢・生生不息
之五・空氣槍運動

至柔的水激射為金剛屈膝的刀

氣，加速了精進悟空的心

2018.4.18.

黯淡一半的月

不該全城的人都聽信中醫的話
子時最後那一刻
月亮跟李白一樣孤單

2018.4.20.

風回楓樹巔

風會送你花香
送你夏日秋日裡的清涼
就是不會送回
前天昨天的歡笑

2018.4.21.

路口的玉蘭花

那個男子向每輛車

九十度鞠躬，斯文有禮

在逸仙路與忠孝東路口

他只想傳送你玉蘭花的香氣

2018.4.21.

客觀的主觀

蘿蔔與蘿蔔乾的差異
有人說是歲月的痕跡
有人說是陽光的香氣
就是沒人承認：單純的風、水　消、息

2018.4.21.

68公斤的體積

我的房子五十坪大

床，僅占一坪面積

晚上睡覺時

其他的四十九坪也在休眠

2018.4.22.

天花與天馬

不小心問了一個問題

相應或不相應

他給了四十八個天花

──四十八個哲人的天馬

2018.4.23.

孔聖人和他的論語

問也沒問過一個問題

關己或不關己

他給了一本書

不厚，聯繫著完美和你

2018.4.23.

躑躅崗躑躅
——以群馬縣館林市躑躅崗發想

啼血的子規讓他留在古代的蜀國
勤奮的布穀鳥讓他留在荒廢的農田

我寧整日躑躅滿山滿崗映山紅
tsutsuji、o tsuji　一個記掛的聲音心谷迴盪

附註

1. 群馬縣館林市躑躅崗，相傳是館林第一代城主，德
   川四天王之一的榊原康政，為思念自己的愛妾お辻
   而建造，お辻（o tsuji）音近つつじ（tsutsuji，杜
   鵑），所以種滿了杜鵑（映山紅、山躑躅）。
2. 杜鵑花語：永遠屬於你。

2018.4.27.

船娘
——記利根川霞浦段景觀（茨城縣潮來）

她將右手的三根指頭貼在左掌上

八十歲了，撐著篙在船後

一路笑春風腳無影、鳶尾有花

直到另一艘船隨夕陽沉默

2018.4.28.

不知名的你與我
——利根川畔所遇

不許早一秒或寬容半個時辰

恰恰就在這樣的麗水邊

不能再灑一些些悲秋的種子或傷春

免得來世無謂多了憾恨

2018.4.29.

紫藤的長度
——櫪木縣足利公園

紫藤的長度不會比我們濯足江畔的時間長

濯足江畔，不會有人拍照

更別提攝影了

攝影就是會攝走魂魄，在藤花間飄香

附註

1.櫪木縣足利公園藤花，樹齡達150年，面積1000平方
　公尺，世界十大夢幻旅遊景點之一。
2.紫藤花花語：沉迷的愛。

                                        2018.4.30.

截而實連的長句
——四度瀑布的四秒

黃河之水李白說是天上來

百米的速度衝進我眼簾

來不及深思啊！這人生

這一截隱喻那一節

附註

袋田瀑布是日本三大瀑布之一，沿四階大型崖壁傾瀉
而下，所以稱為「四度瀑布」。不過也有說是八百年
前的詩僧西行法師的讚詞：「若非四季各觀之，不得
領略真面貌。」所以要依四季，分四次來賞瀑布。

2018.5.3.

哲思的深度

話題總是結束於

星空無限而人生多波折

彷彿喜歡看見瀑布縱落

忘了討論瀑布的遠方可以及於荒涼再過去的黑色沉默

2018.5.5.

一莖草的天空

我說她是一莖草

裸露在荒野裡

她微笑

天地開闊得像卦象未濟，豐富有如半部論語

2018.5.5.

梅雨沒來由就來了

雨落下來，不是你想像的

滋潤龜裂的皮膚

當然也不單純為了被烘乾

雨就落下來了落下來了，你看不見開頭　那思念

2018.5.9.

青苔的臉是一本耐看的書

已經五月了

青苔從去年、明朝、漢魏、十月

恆常性綠著

你湊上臉就讀懂他跟閃電打招呼的手勢

2018.5.11.

沙與悟淨
——《西遊記》與茶道之一

茶人的心備藏著一河谷的細沙

濾，又濾

提壺灌頂杯底就有了千年的寂與淨

2018.5.12.

八戒與悟能
——《西遊記》與茶道之二

一小口一小口啜飲的愛

以奈米的極緩速度

在千萬個出口　發散

茶人的坐姿維繫著八戒後的悟與能耐

2018.5.12.

猢猻與悟空
——《西遊記》與茶道之三

那翻滾的沸沸之聲

那蹦跳的猴腳猴影

那遠山來的幾片嫩芽

——足供你十萬八千里十萬八千次翻滾蹦跳的　空

2018.5.12.

隨李白賞紫藤

紫藤掛雲木，我看見你的微笑從唐朝就高過其他歡欣
所有粉紅豔麗或月光的白因為你相信花蔓宜陽宜春
密葉深處隱藏著歌鳥還是你的詩？
眼前穿梭的香風倒是留住了美人的腳步君子的心

附註

〈紫藤樹〉　　　李白絕句

紫藤掛雲木，花蔓宜陽春。
密葉隱歌鳥，香風留美人。

2018.5.15.

歷史的重複聲調

我心底旋起的颶風

或許可以飄動山外草葉　那顆

你未照面的露珠

或許，佛經也有類似的梵音吞吞吐吐

2018.5.18.

彰化孔子廟前那棵樹

弦歌裡的美，美裡面的天真
天真中的笑，笑裡面的仁
都屬於孔子廟的某一根廊柱

廊柱對比出的虯曲才是我的一生

2018.5.20.

你在我的等待中‧
我在你的選擇外

等待在等待時鬆弛

選擇在選擇時老邁

愛在愛之中

風在風之外

2018.5.22.

一樣不一樣

一樣接受陽光、霧氣和露水

你的雙唇有茶

眼裡有香蕉的香

我別過頭去，一樣的月色不一樣的甜與脆

2018.5.23.

Google

古人真好，雲端有自己的錦書

風裡有雁字

手絹是她繪的地圖

引領一人（古時候的你）瀏覽她流放心事的山溪

2018.5.23.

不向黃昏留遺憾

以前荒山才有荒塚

現在沒有荒山　也沒有荒塚

唯有黃昏留下來，留在慌亂者深深的心井裡

2018.5.23.

登白雲寺致寺外白雲

我已經九度八番來到你的山頂
連風也熟悉我抬腳舉步的喘息旋律

你還認不出我入定的鼻息？
天的海角、海的天涯巧扮千載悠悠的白雲

2018.5.29.

登白雲寺聆聽白雲

雨降雲升誰能辨識誰能分清水分子裡多少清涼意
流雲的流、流水的流誰流得更瀟灑
那瀟灑裡潤澤如何層層生成
潤澤啊雲的真實水的今生，誰能辨識誰能分清？

2018.5.30.

懷璋握瑜的心境

正山小種的午後，不用挑不用選
荷葉的綠剛好讓雨水滾來盪去成露成珠

白鷺優雅，淡入香樟樹　那一方
那一牀　夕暮裡赭紅的船塢

2018.6.1.

相思之一：相思樹

我可能忘記柴火燒後的餘燼模樣
——總是像焚屍爐外的一縷煙
　仿擬雲的愉悅
卻無法忘記擦身過的任一棵八卦山的相思樹

2018.6.3.

相思之二：紅豆

努力吃遍彰化、台南的吹雪、紅豆餅
　划拳贏來的小叮噹銅鑼燒

是哪一世的相思
呼喚哪一世不整的心律？

2018.6.3.

芒種

海上觀海自在

海，每一寸肌膚都是億萬年的皺褶樹液般流動

不模仿誰也不許誰模仿
流過去了彷彿誰的愛一直在流卻也沒流過去

2018.6.9.

海上觀鳥自在

一隻海鳥旋過來又旋飛過去，在船的右舷
我的眼睛跟著思念懸在半空半天

正在惱想著累了倦了茫茫大海何處歇息
牠棲落在海波上一浮一沉不回一語

2018.6.10.

海上觀雲自在

雲不像海　有聲喧騰自己的情緒
不像鳥　築自己的巢住居

不住　不居
也不全然不住或不居

2018.6.11.

海上觀風自在

此處無山無谷沒有武松沒有老虎

有誰會問：風從來處來嗎？

吹得動藍海起白浪他吹

吹不動十七層樓高的盛世公主號他也吹

2018.6.12.

海上觀音自在

紅塵不紅了，淡為一髮沒入天際
海潮音時緩時急

世界萬千種花不會全圍繞著你歡笑
世界萬千種美不會只圍繞著你哭泣

2018.6.13.

海上觀心自在

不因為潮有信所以花有信
遠方的月總在十五的晚上圓

神來神自在，我喝茶
魔來魔不抹，我喝茶

2018.6.13.

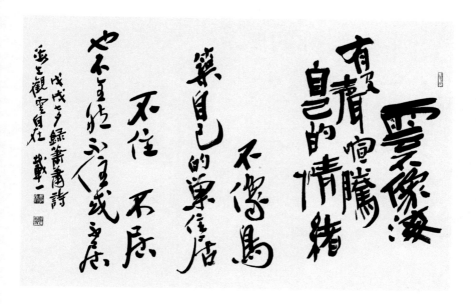

祢的應許

雲即使在烏雲遮蔽的地方
仍會應許撫慰我
千年、萬里，我必不擔憂
刀劍落下的傷口

2018.6.13.

我的篤信

牆上的弓

不會成為杯裡的蛇

而且，牆上的弓也不擅記憶

風中響或不響的箭影

2018.6.13.

大自在截句

天空的空是你唯一的天

敢於渺小就擁有天空的遼闊

天空遼闊

卻不是為了讓你感覺渺小

2018.6.14.

瞭望：鏡面裡的臉不是未來的臉

沒有一條法令規定麻雀只能飛到樹梢
樹知道樹梢知道，高過樹梢的海也清楚知曉

鏡面裡的眼睛，抬頭
看見低頭的鏡面裡的眼睛

2018.6.14.

日夜更替的亮光

一莖、一叢、一畝稻子
全然以興奮的心情接納一整天的炙陽

流水的歌謠，呼應日裡的正照
暗裡的月光，呼應流水的嬉鬧

2018.6.15.

碩果

稻子心事重重

梳著理著，竟然結穗了

能看懂流雲心境的人飄忽自己的行蹤

2018.6.16.

主觀的主會是誰？

樹放下葉子

旁觀者的我不置可否

樹輕輕放下　　誰的可能？

2018.6.17.

遙念雲水謠

浸淫在雲水謠溪水的那一雙腳
最喜歡清晨與黃昏的濕潤
他的頭一偏就偏向三月的清香
水車緩緩轉了一周匝

2018.6.20.

遙念那一年的月色

城裡的月光　　沒有月色

不會爬越矮樹叢

也不會交疊那兩人的身影

車聲駁雜，我想起潦草的詩稿

　　　　　　　2018.6.21.

遙想七月一日以後的台灣

榕樹閒適　垂放他的根鬚
看春草振臂　那高度，似乎也贏不了
秋草衰敗的速度

遠遠一排。黑板。樹。在。你熟悉的。地方

2018.6.22.

左手不願讓右手知道的事

割韭菜的喜悦

跟割草是不一樣的

這種事　手知道

牛知道的是另一天另一件緩急輕重

2018.6.24.

我的豐收你的悲愁

鳳梨的頭最甜的時候

籮筐全身發痿

所以詩人不喜歡推論

天晴了「雨傘快不快樂」編劇家會思考嗎？

2018.6.25.

愛，最好不是思念

我不懷疑：清明總在四月來到山腰山頭

想你的裏覆想你裏覆想你，不如
看你藏身的八卦山揮汗退退退，退回南投
你，清明的四月，雙眼奔向我

2018.6.26.

含羞草的夜晚

即使星星都亮著

含羞草還是閉合了全身的亮片

風來不來？要從哪個腋下醒來？

含羞草不亮自己的正反面

2018.6.27.

長志

天可以蔚藍成盤古初見的藍

而你，再精明個七分、六分吧！

我就任風飄拂

千年樟樹的嫩綠葉

2018.7.1.

讀論語後的七月天

很多個我在你的靈魂裡　　飛

不等同於蓮實　　在蓮房中沉思

不等於蜂巢多蜜

心底有仁，但頻率相近且宜合鳴共振

2018.7.1.

不依賴摶扶搖的或人

靜靜走入蟬噪的林子靜靜

眾聲能合一聲嗎？

九萬里之後我認得出鵬舉的心境

2018.7.1.

夏天的雨・秋天的心

夏天的雨，一種是在空中傾倒

而地面無法及時宣洩

另一種是點點滴滴　滴到天荒地老

讓你的心滴成另一種季節

2018.7.4.

大自在截句

咖啡因不是因・奇異果不是果

喝咖啡能夠不興奮的不多
其中不加糖的超過一半，不加是非的難以統計

奇異果之所以奇異是一張獼猴的臉
其果不確然會腳手猴急，還是守候不確知的貞吉

2018.7.5.

法內自在・法外逍遙

九彎十八拐才使你的頭不暈不眩
千迴百轉才使我的心　柔軟再柔軟

飛散了骨骼肌理情慾思慮　飛散了天人交流的煙雲

2018.7.6.

風生水起・霧散雲收

沒來沒由，風生水起
無端無緒，霧散雲收

低頭問手機，不知道藍可以有好幾種奧義
不知道藍一直多層次展現自己

2018.7.7.

蟬在地下也在樹間‧
禪不在地下也不在樹間

蟬在地下，你不能聽聞，蟬在樹間，你不能看見
我在秦磚漢瓦、唐山宋水裡穿梭

十萬經藏　淡入你的胸口
十萬呼嘯　淡出我的傷口

2018.7.8.

大自在截句

萬山萬里風‧一夕一輪月

一夕不藏一輪獨高的月
萬山卻掩映著續續斷斷萬里長風

我是破庵裡那隻孤單的芒鞋
不守主人，慣看風月無邊那二虫

2018.7.9.

即今休去便休去・
若覓了時無了時

朝露之所以叫朝露，因為他認識蒸發；乾冰直接從固
態化成氣態，因為喜歡昇華。晨曦過了十點不能說是
晨曦，西天自有西天的夕陽，所以無需眷戀晨曦；花
落了就落了不一定稱為落紅或落花，所以，春泥吧！

2018.7.10.

念念無住・節節成圓

雨水溪水河水江水潭水湖水海水　水水鼓盪
樹根、草根、命根　根根回應潤澤的呼喚

截去大而截取小，截去方而擷取圓
生命的環中，無終極　無涯端

2018.7.11.

語言文學類　截句詩系32　PG2131

大自在截句

作　　　者／蕭　蕭
責任編輯／林昕平
書　　　法／李載一
圖文排版／周妤靜
封面原創設計／許水富
封面設計／蔡瑋筠

發　行　人／宋政坤
法律顧問／毛國樑　律師
出版發行／秀威資訊科技股份有限公司
　　　　　114台北市內湖區瑞光路76巷65號1樓
　　　　　電話：+886-2-2796-3638　傳真：+886-2-2796-1377
　　　　　http://www.showwe.com.tw
劃撥帳號／19563868　戶名：秀威資訊科技股份有限公司
　　　　　讀者服務信箱：service@showwe.com.tw
展售門市／國家書店（松江門市）
　　　　　104台北市中山區松江路209號1樓
　　　　　電話：+886-2-2518-0207　傳真：+886-2-2518-0778
網路訂購／秀威網路書店：https://store.showwe.tw
　　　　　國家網路書店：https://www.govbooks.com.tw

2018年9月　BOD一版
定價：330元
版權所有　翻印必究
本書如有缺頁、破損或裝訂錯誤，請寄回更換

國家圖書館出版品預行編目

大自在截句 / 蕭蕭著. -- 一版. -- 臺北市：秀
　威資訊科技, 2018.09
　　　面；　公分. -- (截句詩系 ; 32)(語言文學
類)
　　BOD版
　　ISBN 978-986-326-594-8(平裝)

851.486　　　　　　　　　107013970

讀者回函卡

感謝您購買本書，為提升服務品質，請填妥以下資料，將讀者回函卡直接寄回或傳真本公司，收到您的寶貴意見後，我們會收藏記錄及檢討，謝謝！
如您需要了解本公司最新出版書目、購書優惠或企劃活動，歡迎您上網查詢或下載相關資料：http:// www.showwe.com.tw

您購買的書名：_____

出生日期：_____年_____月_____日

學歷：□高中 (含) 以下　　□大專　　□研究所 (含) 以上

職業：□製造業　□金融業　□資訊業　□軍警　□傳播業　□自由業
　　　□服務業　□公務員　□教職　　□學生　□家管　□其它_____

購書地點：□網路書店　□實體書店　□書展　□郵購　□贈閱　□其他

您從何得知本書的消息？

　　□網路書店　□實體書店　□網路搜尋　□電子報　□書訊　□雜誌
　　□傳播媒體　□親友推薦　□網站推薦　□部落格　□其他_____

您對本書的評價：(請填代號　1.非常滿意　2.滿意　3.尚可　4.再改進)

　　封面設計____　版面編排____　內容____　文／譯筆____　價格____

讀完書後您覺得：

　　□很有收穫　□有收穫　□收穫不多　□沒收穫

對我們的建議：_____

_____

_____

_____